くろグミ団は名探偵 消えた楽譜

ユリアン・プレス 作・絵
大社玲子 訳

岩波書店

音楽の宇宙で
ひときわかがやく流星
ドロテーへ

FINDE DEN TÄTER
DIE SCHATZKARTE VON LILIENSTEIN
by Julian Press

Copyright © 2014 by cbj Verlag, München
a division of
Verlagsgruppe Random House GmbH, München, Germany.

First published 2014 by cbj Verlag, München
a division of
Verlagsgruppe Random House GmbH, München, Germany.

This Japanese edition published 2018
by Iwanami Shoten, Publishers, Tokyo
by arrangement with cbj Verlag, München
a division of Verlagsgruppe Random House GmbH, München, Germany
through Meike Marx Literary Agency, Japan.

はじめに

　なかよしのフィリップ、フロー、カーロの3人は、いつも学校の帰り道に、ハト通り23番地のおかし屋によるのを楽しみにしています。お目当ては、甘草味のくろいグミ（ラクリッツ）。

　おかし屋の店主レオさんは、カーロのおじさんです。レオさんの弟のラース警部もよく来ますが、やっぱりくろいグミが大好き。

　でも、あまいおかしより、みんながもっと夢中になるものがありました。それは、なぞの事件です。

　5人は探偵グループ「くろグミ団」を結成しました。本部はレオさんの店の屋根裏。そこは、ハト通りにちなんで「ハトの心臓」と名づけられました。

　くろグミ団は、すでにいくつかの事件を解決にみちびいていて、その腕前は評判になっていました。

くろグミ団のなかまたち

フィリップ
いつもオウムのココを
つれていて、鳥の鳴き
声を聞き分けられる。
根気強く、総合的な判
断力にすぐれている。

カーロ
本名はカロライン。ス
ポーツ万能で、電光石
火のひらめきと、する
どい勘の持ち主。

フロー
本名はフロレンティン。
からだは小さいけれど、
ばつぐんの観察力をほ
こる。

レオさん
おかし屋の店主。探偵
団のリーダー格。

ラース警部
本職の刑事。コンピュ
ーターにつよい。

もくじ

カチンスキーの宝飾品(ジュエリー)
6

ケルスターバッハの万引き男
32

リリエンシュタインの宝地図(たからちず)
60

消えた楽譜(きえたがくふ)
92

カチンスキーの宝飾品（ジュエリー）

1　警察署で

　その日の11時45分ごろでした。たまたま警察署をたずねたくろグミ団は、入口のそばのポスターに、目が釘づけになりました。特別捜査のポスターです。ああ、これは、フィリップとフローとカーロがわすれもしない、あの奇妙なS博士の事件！　その後の警察のけんめいな捜査のかいもなく、事件は未解決のままでした。

　「おしかったよなあ！　あと少しのところで、S博士をえものごと、とり逃がしたんだから！」フィリップはくやしそうに、大女優キラ・フォン・カチンスキーの美しい宝飾品（ジュエリー）の写真を指さしました。

　「イヤリングの片方だけは、確保したけどね」と、フロー。

　「でも、あやしげなS博士は、いまだに見つからない」と、カーロが言葉をはさみました。「それに、あの骨董品収集家のクリムコウスキさんも、なぞだらけ。あいかわらず沈黙しているそうよ」

　「あの事件は、まだ終わってないってことさ！」と、フィリップがつけくわえました。

　それにしても、まったく意外なことが起きるものです。その日の午後、くろグミ団は、この事件とあらためてむきあうことになったのですから。

　コリアンダー通りを歩いていたとき、探偵たちは、大ぜいの人でにぎわっている骨董品（アンティーク）フェアに行きあたりました。好奇心にかられて会場をながめていると、とつぜんカーロが声をあげました。

　「わーお！　あれって、カチンスキーの宝飾品（ジュエリー）と関係あるかも！」

　問題▶▶カーロは、どんな手がかりを発見したのでしょう？

2　イヤリングの女

　カーロは、奥の鏡にうつりこんでいるイヤリングに、目をとめていました。女の耳もとでゆれている大きなイヤリングは、なんとＳ博士がN. ローザンテの店に落としていったものと、そっくりだったのです。どうやら女は片方しかないイヤリングを、この会場で売るつもりのようです。

　「わたし、かけてもいい。あれは例の宝飾品よ！」カーロはなかまたちにそうささやくと、女にそっと近づこうとしました。

　ところが、その瞬間、女はぱっと出口のほうへ行ってしまいました。くろグミ団はあわててあとを追いましたが、会場の外に出ると、女を乗せたタクシーが大きな音をたてて走りさっていくところでした。

　「たぶんあの女、ぼくたちに感づいたんだよ。いったいどこへ行ったのかなあ？」フローが、がっかりしていいました。

　「すぐにさがしだせるよ。まかせて！」と、フィリップがはげましました。フィリップは、女が"Ｈ　Ｗ"と書かれたホテルの鍵らしきものを持っていたのを、見のがさなかったのです。

　子どもたちはくろグミ団の本部「ハトの心臓」にもどり、電話帳でホテルのページを調べました。

　「さっきの鍵、このホテルのものにちがいないよ！　あの女はきっと、ここに泊まってるんだ！」フィリップはそう確信して、住所をメモに書きとめました。

問題▶▶フィリップがいったのは、どのホテルでしょう？

*Hotel P*プリンスベルク 11室2食付きペンション ウルメン並木通り143 Tel. 0347-89312	*Pension V*ヴィオラ ブルーテ通り13 Tel. 0347-11342	Hotel Hホークス ハヤブサ通り13 Tel. 0347-02196	*Hotel O*オデオン 月光通り13 Tel. 0345-52287
*Hotel P*パール ✿公園通り31✿ Tel. 0347-45211	*Pension O*オイゲン プリンス通り5 Tel. 0347-83715	S草原のpension ゲスト用アパート及び 2食付きペンション 山通り17 Tel. 0347-98350	Hotel Zツェッペリン リチルパーク通り11 Tel. 0347-22321
Pension Rロジン 赤い羽根通り3 Tel. 0347-25312	Pパークホテル Pプリエム キング通り8 Tel. 0347-13421	HOTEL Wワインの樽 ツル通り12 Tel. 0347-92113	*Pension* *M*ミュレツェ 小沼3 Tel. 0346-44521
*Hotel E*エビアン 山通り4 Tel. 0347-80213	本館 Pension Wワンダーローズ ✿フラワー小路22✿ Tel. 0346-12213	›民宿Hヒュッテぜっぷ‹ ペンション8室ラウンジ ＆2食付き 牧草地12 Tel. 0344-34253	✱ HOTEL ✱ O王様のテラス ゲーテ通り5 Tel. 0344-42523
Aアンナのホステル ネルケン坂26 Tel. 0347-45991	民宿Hホイリゲ ペンション-6室 2食付き ワイン通り12 Tel. 0346-31922	Pension Pパールヒュン ハーネンカム16 Tel. 0347-31342	*Hotel E*エンジェル 天国の門4 Tel. 0345-32327
*Pension M*メルリン ❀ルチエン通り71❀ Tel. 0347-49130	Hotel Oオリオン 谷通り14・Tel. 0347-72713	Hotel Aアクイラの目 ◆曲がり横丁19 Tel. 0344-28931	インM麦の王さま 粉ひき通り1 Tel. 0344-27831
湖水ホテルZツァンダー 池の端25 Tel. 0346-19247	Pension カワカマスHハウス 川岸23 Tel. 0346-19213	HOTEL GグラフEエグモント スミレ通り7 Tel. 0347-22321	Hotel スミレ通り7 Tel. 0346-54852
HOTEL Gゴールデン Lライオン 市場通り3 Tel. 0347-19231	HOTEL Hヘリング 海岸通り3 Tel. 0346-24521	Hotel Eエーデルワイス ★マーケット12 Tel. 0346-21314	HOTEL Nネプチューン 鉱泉通り21 Tel. 0345-28891
PENSION Fフェルチェン 湖通り11 Tel. 0346-23101	›森の館Wワスレナグサ‹ ペンション-4室 ボーリング場と ダンス・ルーム完備 森林通り3	HOTEL Gグリーンベル ▶あかがね小路3◀ Tel. 0346-89355	✱ *Pension* *T*つぐみひげ 王さま通り17 ✱ Tel. 0344-2131✱
✱Kコウノトリ Hotel✱ 牧場34・Tel. 0347-62311	PENSION Fファンキー Wワイナリー ぶどう丘11・Tel. 0347-13244	*Pension*ワールド☆ 池畔3・Tel. 0346-44521	

3　あわただしい出発

　3人の探偵たちは、さっそく「ホテル・ワインの樽」のあるツル通り12番地へ行きました。
　「ずいぶんと、ちっぽけなホテルだな！」古びた建物のまえで、フィリップが意外そうにいいました。
　「見て、裏の道に、さっきのタクシーがとまっているわ、エンジンをかけっぱなしで！」と、カーロ。
　探偵たちは、ホテルのなかをこっそりと観察しました。フロントの鍵かけボードには、さっき女が持っていたのと同じような鍵がかかっています。ひと目で、このホテルには、客室が5つしかないことがわかりました。
　「なぞのご婦人は、たぶん4号室にいるね！」と、フロー。4号室の鍵だけがなかったからです。
　「あっ、あの人が来るわ！」と、カーロがささやきました。パタン！とドアが閉まり、ハイヒールのコツコツいう足音が、フロントにむかってきます。手さげバッグを持った女は、チェックアウトをすませると、待たせていたタクシーに乗りこみました。
　「移動式遊園地に行くぞ！」と、フィリップ。女が、タクシーの運転手に行き先を告げるのを、聞いていたのです。

　くろグミ団は、移動式遊園地にやってきました。恒例のお祭りは、大ぜいの人でにぎわっています。けれども、フローがその女を見つけるまで、たいして時間はかかりませんでした。

問題▶▶女はどこにいたのでしょう？

4 S博士のたくらみ

　女は、ロケットの回転遊具の 13 番に乗っていました。チェック柄の手さげバッグが目印となったのです。
　「さすが、フロー。だけど、ねえ、あの人のうしろにだれか乗ってない？ フードをかぶってる……あっ、あれ、S博士だわ！」カーロがうれしそうにさけびました。
　疑惑の 2 人は、ロケット飛行を楽しんだあと、オート・スクーターを乗りまわし、それから、それぞれ人ごみのなかにすがたを消してしまいました。

　フィリップ、フロー、カーロの 3 人は、しばらくたってから、メリーゴーラウンドのところで、ふたたび女を見つけました。チケット売場の係員に、しきりと話しかけています。
　「S博士は、どこにいるの？」と、カーロ。
　「きっと、なにか、たくらんでるところなんだろ」と、フロー。
　「フローのいうとおり！　たったいまこの数分のあいだに、やつがなにをしたか、ぼくにはわかったよ！」フィリップが、きっぱりといいました。

問題▶▶フィリップは、なにを観察していたのでしょう？

5　ミルクバー

「なんて器用なんだ！　たしか、ナンバーは、TX-1-521 だった」

いつも肝心なことを見のがさないフィリップは、車のナンバーをすばやくメモしました。女にチケット売場の係員の注意をそらさせ、そのあいだにS博士は、メリーゴーラウンドの大型車のナンバープレートをとりはずしていたのです。

ぬすんだナンバープレートを持って、S博士が移動式遊園地を立ちさります。すかさずくろグミ団はあとをつけました。ザイラー通りに出ると、おどろいたことに、そこではすでに、女がオートバイを用意して待っていました。S博士は手ぎわよくオートバイのナンバープレートのビスをはずし、ぬすんできたものと交換するやいなや、サイドカーに飛び乗りました。大きなモーター音を響かせ、2人は郊外のほうへと走っていってしまいました。

「あのオートバイも、ぬすんだものにちがいないよ。そうでなきゃ、ナンバープレートをかえるはずないもの！」と、フローがいいました。

ぐうぜんは続くこともあるものです。くろグミ団は、その日の午後、たまたま通りかかった「ミルクバー・かくれ家」のまえで、問題のオートバイをふたたび目にしたのです。窓ごしに、S博士と女がちょうど、カウンターで飲みものを注文するところが見えました。それから15分とたたないうちに、2人は勘定をすませて、店を出ていきました。

フィリップは、店の主人がコースターになにやらメモを書いて、2人にわたすのを見ていました。新しい手がかり？　いいえ、それは注文した飲みものの合計金額でした。フィリップはおもしろがって、2人がなにを飲んだのか、考えてみました。

答え合わせは店の主人がしてくれましたよ。みごと正解！

問題▶▶2人は、なにを注文したのでしょう？

6　不可解な名称

　S博士と女は、「しずかなシュトルッピ」と、「ホットヘレネ」を飲んでいたのでした。さらに、フィリップはさえていました。店を出るとき、S博士が女にささやいた言葉に、聞き耳をたてていたのです。

　「いまは動かさないほうがいいって、S博士はいってた。それから、危険物は『なんなむら　ばんくるーと』に、いったん保管するって」

　「『なんなむら　ばんくるーと』？　それ、なんのことだ？」と、フローがいらだっていいました。

　耳にしたことのない不可解な単語を聞いたときは、どうしたらいいでしょう？　探偵たちは、すぐにピンときました。言葉あそびのアナグラムで、なぞが解けることがあるからです。

　くろグミ団は「ハトの心臓」にもどると、「なんなむらばんくるーと」と紙に書いて、１文字ずつにばらしました。それから、文字をいろんなふうにならべかえました。はたして、かくし場所のほんとうの名称は浮かびあがるでしょうか。３人はしんぼう強く挑戦しました。

　ばらばらの文字から新しい単語をいちばんに作りだしたのは、カーロでした。

問題▶▶かくし場所のほんとうの名称は、なんだったでしょう？

7　漁師の遊歩道

「トランクルーム 7 番、こうなるわ」と、カーロがいいました。「たぶん、あのさびれた建物のことじゃないかしら。漁師の遊歩道ぞいに、倉庫っぽい長屋があったわ」

くろグミ団の子どもたちは、さっそくでかけました。

「これが、そのトランクルームだな！」フローは好奇心いっぱいで、7 番のドアの鍵穴からなかをのぞきました。「うわあ、まっ暗でなんにも見えない！」

それでもフローは鍵穴のまえでねばりました。そしてしばらくすると、顔をかがやかせてさけびました。

「大当たりだよ！　あの 2 人組は、まったくもって抜け目ないね。あんな貴重な宝石類を、こんなところに保管するなんて。安全なかくし場所を見つけたものさ！」

問題▶▶フローは、どこに宝飾品セットを発見したのでしょう？

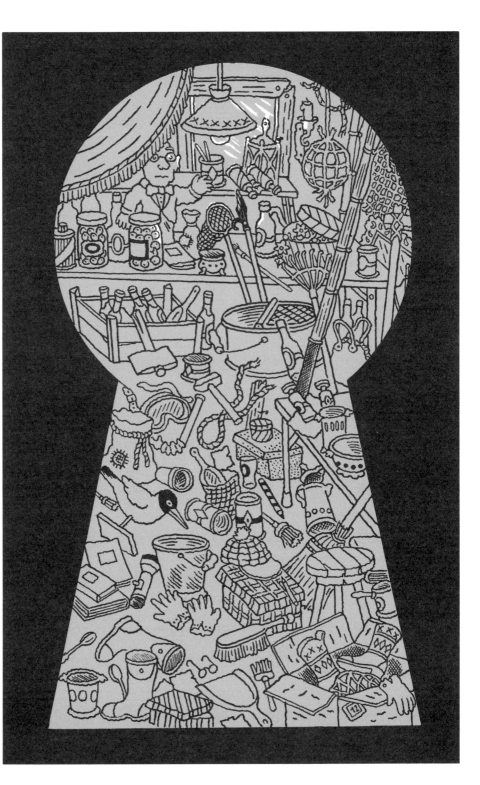

8　S博士、ふたたび

　大きなテーブルの上にのっている帽子箱から、キラキラと光りかがやく宝石がちりばめられた冠、ネックレス、イヤリングが見えています。
　ところが、ドアには鍵がかかっています。フローが、ドアをガタガタとゆり動かしました。「ちぇっ、おんぼろなくせに、がんじょうだ！」
　そのとき、カーロがいきなりフローの腕をおさえつけて、ささやきました。
「しーっ！　わたしたち、見張られているわ！」
　フローは、そっとあたりを見まわしました。カーロの忠告どおり、すぐ近くにS博士がかくれて、探偵たちの行動をさぐっています。

問題▶▶S博士は、どこにかくれていたのでしょう？

9　おみごと！

　S博士がボートのそばの樽のうしろにひそんでいるのに気づいて、3人は大いそぎでその場をはなれました。そのとき、にわか雨がふりだしました。
　「まずいわ。わたしたちが追っていることが、ばれちゃった。トランクルームは、きっと、もうお役ごめんね」と、カーロがいいました。
　くろグミ団は、いったん倉庫をはなれて身をかくし、S博士を観察することにしました。雨が強まり、ザーザーと滝のような音をたてています。
　S博士は片手に傘を持ち、もう一方の手でトランクルームの鍵を開け、ほんの数秒のあいだに、「トランクルーム7番」のなかへすがたを消しました。しばらく動きはありませんでしたが、待っているうちに、雨がやみました。
　「見て、S博士が小屋から出てきたぞ！　宝飾品セットはあのふくろのなかだ」と、フローが断言しました。
　探偵たちは、安全な距離をとってS博士のあとをつけました。

　町の中心部にむかうにつれ、人通りがぐっとふえてきます。
　「やつは、あそこにいるぞ！　だけど、あれっ？　ふくろがない！」フィリップが眉をひそめて、いいました。
　「心配ないさ。宝飾品がどこにもぐったか、ぼくにはわかってるよ！」フローが、いたずらっぽく笑いました。

問題▶▶フローは、宝飾品セットがどこにあると推測したのでしょう？

10　屋根裏部屋で

　フローは、ぷっくりふくらんだS博士の雨傘のなかに、宝飾品セットがかくされているとにらんでいました。
　「えーい、逃がすもんか！」フローはそうさけぶと、なかまたちの先に立って、タワー通りをかけていきました。
　S博士がある建物の外階段をタタタッとかけあがって、正面玄関をはいっていきます。鍵はかかっていなかったので、3人の探偵たちは、建物の暗い玄関ホールに、そっとしのびこみました。
　「見て、エレベーターで5階に行ったぞ！」フィリップがエレベーターのランプに気づいて、フローとカーロの注意をうながしました。
　フローがボタンを押すと、エレベーターは1階におりてきて、とびらが開きました。中は空っぽ。探偵たちは、すぐに5階にあがりました。そこは屋根裏で、たったひとつだけあるドアには鍵がかかっています。
　「じゃあ、管理人にたのもう！」と、フィリップ。
　くろグミ団は1階にもどって、管理人の住居のベルをはげしく鳴らしました。
　「いったい、なにごとだ？」太った管理人、レムブケが顔をだしました。
　「こちらの最上階に、どろぼうが1人かくれています」
　「なんだって？」管理人はすぐにマスターキーを持って、探偵たちといっしょにエレベーターに乗りこみました。
　屋根裏部屋のドアが開いた瞬間、フィリップとフローとカーロは、思わずその場に立ちすくみました。いろんなマネキンの胸像や立像がところせましとおかれていて、こちらをじーっと見つめていたのです。それでもカーロは、行方不明の宝飾品を、まるで天からの授かりもののように、そのなかに発見したのでした。

　問題▶▶宝飾品セットは、どこにあったのでしょう？

11　雨どいのなかの発見

　S博士のすがたはどこにもありませんが、少なくとも盗品は発見されました。冠、ネックレス、イヤリングの片方が、天窓の下にある胸像にかざりつけられていました。
　フィリップは、天窓が少しだけ開いていることに気づきました。
「S博士は、ここから逃げたにちがいない」そう確信して、外を見まわしました。「あそこ、雨どいになにかある！」
　フィリップは、胸像の帽子から先のとがったハットピンをぬきとり、窓から身を乗りだして、雨どいにあった紙切れをピンでひろいあげました。さっきの大雨でふやけていないということは、落ちたばかりなのでしょう。
　それは、ちぎれた領収書の一部でした。
「H. S. ヘアサロン」と、フィリップが読みあげました。

　通報をうけた警察官によって、カチンスキーの宝飾品はすべて確保されました。けれども、S博士と女のゆくえは、まったくわからないままです。
　あの2人組の悪事にとどめをさすためには、このなぞのヘアサロンが手がかりになりそうです。
　くろグミ団の探偵たちは、また「ハトの心臓」にもどり、インターネットで「ヘアサロン」を検索しました。ヒットした一覧には店名がずらりとならんでいましたが、頭文字が"H. S."なのは、たったひとつだけ。フィリップには、自分たちがどこをさがすべきか、はっきりわかりました。

問題▶▶それは、なんという店だったでしょう？

12 一杯食わされる！

「ヘアサロン　ヘニィ・ショルツ　キジ通り3番地、グリースバッハ」
　くろグミ団は、ためらうことなく出発しました。小さなその町までは、自転車でたっぷり45分かかりました。
　「ここだ！」ようやく店のまえにたどり着き、フィリップがいいました。
　「臨時休業だって」フローが、入口にかかっている札を見ていいました。
　「ちょっと、あそこにだれかいるわ！」ショーウィンドウごしに店内をながめたカーロがさけびました。ほんの一瞬、女の人影が見えたのです。
　その人影から、カーロはピンときました。S博士と行動をともにしている女が、ヘアサロンの経営者、ヘニィ・ショルツその人だと。
　くろグミ団は、通りのむかいがわにあるアイスクリームとコーヒーの店で休憩しながら、見張ることにしました。大ぜいの人通りにじゃまされて、ヘアサロンの入口から目をはなさないでいるのは、容易ではありません。
　しばらくして、カーロがいいました。
　「思うに、あの女も抜け目ないわね！　わたしたちを、まんまとひっかけたのよ」
　フローは、カーロがなんの話をしているのかがすぐにわかって、あたりを見わたしました。
　「さあ、いそごう！　もうあんなとこにいるぞ」

問題▶▶ヘニィ・ショルツは、どこにいたのでしょう？

13　3人目の容疑者

　ショーウィンドウから、かつらがひとつなくなっています。変装したヘニィ・ショルツは、べつの出口からこっそり店を出たのでしょう、フローは、頭に大きなリボンをつけた人が右手のアーチを通りぬけていくのに気づいたのです。あわててあとを追ったくろグミ団は、ヘニィ・ショルツが駅で列車に乗りこむところを目撃しました。

　子どもたちから通報をうけたラース警部とレオさんは、列車の発車直前に駅に到着しました。ヘニィ・ショルツは、列車の個室で、S博士とちょうど合流したところを、イヤリングをぬすんだ容疑で逮捕されました。必死の抗議もむなしく、S博士も逮捕されました。

　『朝刊クーリエ』は、「……どろぼうカップルは偽名を使い、タワー通りの建物の屋根裏部屋を借りていたことが判明。そこにかくされていた盗品の宝飾品はすべて、警察によりすでに押収された……」と、記事をのせました。

　「一件落着だ！」と、フローは歓声をあげました。

　けれども、「ぼくは、終わってないと思うな」と、フィリップが反論しました。正体のはっきりしない、骨董品収集家クリムコウスキのことをいったのです。「あの人もこの件に関わった疑いがかけられてるよ。カチンスキーの宝飾品セットをぬすみ、そのあとS博士に売ろうとしていたと」

　「みんな、でたらめだ！」クリムコウスキは事情聴取をうけたとき、腹をたててさけびました。「わたしは、そんな宝石を知らないし、キラ・フォン・キラピンスキーとやらについて、聞いたこともない！」

　「カチンスキーだ！」ラース警部が訂正し、容疑者の鼻先に１枚の新聞記事をつきつけました。「これで、あなたの証言は完全にくつがえされる！ここにはあなたの指紋も残されていた。火を見るよりも明らかなんだ！」

問題▶▶クリムコウスキが疑われたのは、なぜでしょう？

ケルスターバッハの万引き男

1 クラニシュ・デパートで

　証拠は明らかでした。新聞の写真は、女優キラ・フォン・カチンスキー引退公演後のお別れ会のときのものでしたが、キラの親しい友人たちにまじって、骨董品収集家クリムコウスキが写っていたからです。キラの熱烈なファンだったクリムコウスキは、会のあと、だれにも気づかれずに楽屋へしのびこみ、キラが愛用しているステッキを、ふとどきにも持ち帰ったのでした。

　そのあと、ステッキのなかから思いがけず貸金庫の情報を入手したクリムコウスキは、宝飾品セットをその情報ごと売ろうとして、盗品をあつかう闇ルートで名の知れたS博士に連絡をとりました。ところが、S博士はクリムコウスキの裏をかいて、ステッキごと奪いとった——これが事件の真相だったのでした。

　翌日、くろグミ団は、もう新しい事件にかかわることになりました。フィリップとフローとカーロは、ケルスターバッハにあるクラニシュ・デパートへ出かけました。3人は入口で、警備員のエベルネにきげんよくむかえられました。

　書籍売場の棚をあれこれ見ていたときです。若い探偵たちは、となりの装飾品売場で、男がひそかに腕時計をくすね、買物客のあいだにすがたをくらますところを目撃しました。

　「たいへん！　エベルネさんにいわなくちゃ！」と、カーロがさけびました。けれども、エベルネは、パトロールなどまったくしていませんでした。

　問題▶▶エベルネはそのとき、なにをしていたのでしょう？

2　監視カメラ作動中

「あら、エベルネさん！」と、カーロが軽くつつきました。ばつの悪いことに、エベルネは試着室1に近いところで見つかり、じつは居眠りをしていたと、白状しなければなりませんでした。

エベルネはすぐに、監視カメラの録画映像を見るため、くろグミ団を事務室に案内しました。

「やや、ほんとうだ！　ここに、その男がうつってますね。あっ、いま、腕時計をするりと上着のポケットにすべりこませたよ。ああ、あんたらは、じつにすばらしい子どもたちだねえ！」画面で万引きの瞬間を目にしたエベルネは、興奮していいました。「うむ、ひょっとすると、こいつはまだ、店内にとどまっているかもしれません。われわれで、とっつかまえましょう」

警備員のエベルネは、デパートの出入口に陣どり、いっぽうくろグミ団は、買物客の雑踏のなかでどろぼうを見つけだそうと、目を光らせました。しばらくしてフィリップが男を発見し、すかさずエベルネに、ジェスチャーで合図を送りました。

問題▶▶どろぼうは、どこにいたのでしょう？

3 またもや万引き

　フィリップは、腕時計をくすねた男が、1階におりるエスカレーターに乗っているのを見つけたのです。くろグミ団はいそいで下りエスカレーターにむかいましたが、3階からでは、追いつくことも近づくこともできません。

　エベルネは、とっさに館内に警報を鳴らしました。けれども、万引き男はすいすいと逃げていきました。何分かして警報は切られました。

　「あの男が手にいれたえものは、かなりのものらしいよ！」フィリップは、エベルネからきいた話をなかまたちに聞かせました。「あの腕時計は、600ユーロもするそうだ！」

　数日後、くろグミ団の子どもたちは、マーケット広場でジュースを飲んでいました。そのときとつぜん、「こら、待てぇ！」とさけぶ声が聞こえたかと思うと、ある店のほうから1人の男が猛烈ないきおいでかけだしてきて、そのあとを店主らしき人が追いかけていきました。

　「もしかして、また万引き？」と、カーロ。

　「あの人の店がやられたらしいな！」と、フィリップ。

　「どこでなにがぬすまれたか、ぼくにはわかったよ！」と、フローがいいました。

問題▶▶どの店で、なにがぬすまれたのでしょう？

4　どろぼう、見つけたぞ！

　フローの推察は、あたっていました。
　「オットー・ラーベの店に行こう！」と、フロー。いそいでジュース代を払ってから、なかまたちといっしょに、マーケット広場を横切りました。
　店主のオットー・ラーベが、店にもどってきました。息を切らせながら、ついさっき、店のまえにならべてあった白と黒のリュックサックをぬすまれた、と若い探偵たちに説明しました。
　「それ、このあいだクラニシュ・デパートで腕時計をとったやつと、同じかな？」噴水広場をぬけて行くとちゅう、フィリップが問いかけました。
　「まるでわからな……」と、カーロがいいかけた瞬間、オットー・ラーベの店でぬすまれたのとそっくりなリュックサックを背負った男が、目にはいりました。

問題▶▶その男は、どこにいたのでしょう？

5 路地で

リュックサックを背負った男が、ちょうど広告塔のうしろに消えるところを見たカーロは、すぐにフィリップとフローといっしょに、疑わしい男のあとを追いかけました。うしろのほうで、オットー・ラーベが「あのリュックサックは 39.90 ユーロもするんだぞ！」と怒鳴っているのが聞こえます。

くろグミ団はフーフェン並木道を、大またでいそぎました。しかし、ある暗い路地にさしかかったところで、男を見うしないました。

「おかしいな、あいつ、この道にはいったはずだよ！」と、フローが自信たっぷりにいいました。
　3人の探偵たちは、男がどこに消えたのか、手がかりを見つけようと、目を皿のようにして、せまい路地をていねいに調べました。

「ブブーッ、わたしたち、たぶん見まちがいをしたんだわ。この道じゃなかったんじゃない？」と、カーロ。

「そんなにあせらないで！」フィリップがカーロをさえぎりました。「フローはまちがってないよ。リュックサックの男は、さっきまでここにいたはずだ。あそこに証拠があるよ！」

問題▶▶どんな証拠を、フィリップは発見したのでしょう？

6　馬車の落としもの

　フィリップの合図で、オウムのココがごみバケツのほうへ飛んでいき、段ボール箱のうしろから、はぎとられた値札をくわえてもどりました。
　「39.90ユーロ！　ほら、ズバリぬすまれたリュックサックの値段だよ。つまり、ぼくたちはまちがいなく、どろぼうのあとをつけているってこと」
　「ということは、どこかの家にはいったのかな？」フローが首をかしげました。
　「閉めだされてないのは、たしかね」と、カーロ。それから、路地のはしに落ちていた大きな羽根かざりをひろってきました。
　「見て！　これ、なーんだ？」
　「それも、万引きの道具かな？」と、フローが茶化しました。
　「ひょっとすると、それは……ちょっと、いっしょに来て！」と、フィリップがなかまたちをうながしました。いったいどういうことでしょう？
　フィリップは、推理したのです。この羽根かざりは、辻馬車の落としものではないだろうかと。どろぼうは、たまたま路地を通りかかった辻馬車で逃亡を続けたのかもしれないと。
　探偵たちは、すぐに辻馬車広場へとむかいました。客待ちの馬車のなかに、羽根かざりのない馬がいないか、見つけだすためです。
　「干し草の山のなかで針をさがすほうがやさしいわ！」おめかしした馬車たちをしばらくながめていたカーロが、ため息をつきました。
　「ううん、もう見つかったよ！　ほんとだ、羽根かざりのない馬車が1台あるよ！」フローが、嬉々としてさけびました。

問題▶▶その馬車は、どこにいたでしょう？

7　帽子店トップハット

「でかした！」と、フィリップがほめました。たしかに羽根かざりのない辻馬車が1台、噴水のうしろ3番目で客待ちをしていました。

「リュックサックを背負った男？　ああ、おぼえていますよ。せまい路地を通ったときに合図をして、川岸の遊歩道まで乗せていってほしいとたのまれました」と、その御者は説明しました。「やあ、羽根かざりが見つかってうれしいよ」

「こちらこそ貴重な情報をありがとうございます！」フィリップは御者にお礼をいいました。

くろグミ団は、川岸のほうへむかおうとしました。ところが、そのとき、新たな事件が起きたのです。

「帽子店トップハット」のまえに人だかりができて、店主がひどく興奮しています。陳列台にならべてあった帽子の数が、ひとつ足りないというのです。

幸いなことに、その直前にぐうぜん、ノスタルジックな雰囲気の店先を、携帯電話のカメラで撮影していた女性旅行者がいました。カーロは、その画像を見せてもらい、いまある帽子と見くらべて、どの帽子がぬすまれたのかをつきとめました。

問題▶▶ぬすまれたのは、どの帽子だったでしょう？

8　真夜中のタンゴ

「はっきりしているわ！」と、カーロ。「ぬすまれたのは、うすい色の紳士帽。白黒の太いタテ縞のリボンつきよ！」

「また万引きか！　さあ、ぼくたち、これ以上ここでさがしまわっても、しかたがないよ。どろぼうは、もうとっくに遠くへ行っちゃったんだから」フィリップが、フローとカーロによびかけました。

午後の時間がどんどんすぎていきます。3人の探偵たちは、川岸の遊歩道一帯を探索しました。そこで、なにか手がかりが見つかるかもしれません。

桟橋には、大小さまざまなボートがとまっていました。カラフルな提灯でかざられたボートもあります。「真夜中のタンゴ」の生演奏が風にのって流れてきました。

「きょうはもうだめか。だけど、連続万引き犯は、いったい、どこにもぐりこんでるんだろう？」と、フロー。

「そうあわてないで。まだなにも証拠がないのよ。関連があるかどうかも、まだわからない。相手は、すべての事件にかかわる犯人1人なのか、それとも複数なのか」と、カーロは冷静にいいました。

「みんな、元気をだして！」とつぜんフィリップが大きな声をだしました。「手がかりを見つけたよ！　もし見まちがいでなければ、あの奥に、ぬすまれた帽子と同じものがある」

それから、石を投げればとどくほどの距離にある広告塔に、視線をうつしました。

「そして、帽子どろぼうくんの名前もわかったよ！」フィリップは、ふたつのことを結びつけたのです。

問題▶▶帽子どろぼうは、なんという名前だったでしょう？

9 ジャンゴス地下酒場

　ルジタニア号の船上では、すでにバンド「ペペス・コンボ」の演奏が終わったあとでした。フィリップは、楽器のバンジョーがおかれた椅子の背に、その帽子がかかっているのに気づいたのでした。

　フィリップは、広告塔のポスターを指さして、なかまたちに知らせました。

「どろぼうくんの名は、ペッポ・リーノ！」

「芸名だろうけどね！」と、フローがきっぱりといいました。

「でも、これで、わたしたち、犯人をつかまえることができるわ！」と、カーロ。「そのバンド、きょう17時にジャンゴス地下酒場に出演するのよ！」

　くろグミ団は、予定時刻どおりその店のまえに到着し、窓ガラスごしに酒場のなかをうかがいました。

「ずいぶんと流行ってる店だな！　もう満席になってる」店の客たちをしげしげと観察して、フィリップがいいました。

「バンドのメンバーも何人か、もう来てるわ！」と、カーロ。「でも、ペッポ・リーノはまだね」

「ううん、あそこにかくれてるよ！」フローがすかさずいいました。

問題▶▶ペッポ・リーノは、どこにいたでしょう？

10　どろぼうをつかまえろー！

　バンジョーが目印となって、フローは、左奥のピアノのまえのテーブルにいるペッポ・リーノを見つけたのでした。
　10分おくれで演奏がはじまり、店内のムードはたちまち盛りあがりました。くろグミ団は、観察を続けました。「ペペス・コンボ」はたっぷり1時間演奏し、さいごにもう一度「真夜中のタンゴ」を響かせました。
　コンサートが終わると、メンバーたちは楽器を車に積みこんで、地下酒場から立ちさりました。ところが、あのバンジョー奏者のすがたが見えません。
　「きっと、裏から出てったんだ！」フィリップはそう推理して、カウンターから遠くないところにある非常口を指さしました。
　「ねえ、まだ警察に通報しないの？」と、カーロがたずねました。
　「証拠がまだ、じゅうぶんじゃないよ！」と、フィリップ。「まずは、やつのしわざだという証拠をかためて、つかまえるのはそれからだ」

　それからしばらくのあいだ、ペッポ・リーノは、なりをひそめていました。ところが、ある日の放課後、くろグミ団の子どもたちが、カラス坂をぶらぶら歩いていたときです。とつぜん、かん高い声が響きました。
　「どろぼうをつかまえろー！　釣りざおをかえせー！」クロル釣り具店の店主が通りをかけてきましたが、どろぼうのすがたは見当たりません。
　「もしかして、また万引き事件かな？」と、フィリップ。
　「わかったわ、ぬすまれた釣りざおがどうなったか！」カーロがすばやくあたりに目を走らせていいました。「どろぼうが、どっちに逃走するかも、お見通しよ」

　問題▶▶釣りざおどろぼうがむかうのは、どの方角でしょう？

11 キャンプ場で

　カーロは、クロルの釣り具店からぬすまれた釣りざおが、ある車の荷台に積まれているのに気づいたのです。その車は、キャンプ場の方角へと急発進しました。

　くろグミ団がキャンプ場に到着したときには、もう日が暮れかけていました。
「あそこになにか見える？」フィリップが問いかけました。
「いや、なんにも！」と、フローは首を横にふりました。
　けれども、カーロは、まっすぐ進んでいきました。そこにあったのは、1台のキャンピングカー。うしろには荷台がつながれていて、しげみにかくれています。
「荷台の釣りざおがなくなってる！」と、カーロがいいました。
　キャンピングカーの窓は、暗くてのぞきようもありませんでしたが、フィリップは、屋根の天窓が開けっ放しになっているのに気づきました。フィリップは意を決して、そばの木によじのぼりました。そして天窓をのぞきこむなり、ピューッと口ぶえをふいて、なかまたちにも、のぼってくるように合図しました。
「これは、びっくり！」カーロは目を丸くしました。「大当たりね！ まるで盗品のコレクションじゃない！」
「これで、ペッポ・リーノがすべての事件にからんでいることが証明できる！」と、フィリップが結論づけました。
「でも、やつはいったい、何者なんだ？」と、フロー。
「少なくとも、ほんとうの名前はわかったよ」と、フィリップ。

問題▶▶ペッポ・リーノの本名は、なんでしょうか？

12 ココ、決闘する

「エリッヒ・ポール」フィリップは、積み荷のなかに運転免許証がまぎれているのを発見していました。

「いまこそ、ラース警部とレオさんに通報するべきだわ」と、カーロ。

一方で、フローは盗品のふるい分けに集中していました。エリッヒ・ポールは、このかくれ家に、ぬすんだ貴重品をすべて集めているようです。

「だけど、クラニシュ・デパートでぬすまれた高級腕時計だけ、見つからないんだ。あれはあれで、べつの犯人がいるってことかな？」と、フロー。

「怪盗ポール氏はきっと、腕時計を自分の手首にはめているのよ」と、カーロ。

と、そのとき、探偵たちは、とつぜんわきおこった騒々しい光景におどろき、あっけにとられました。ココが冠の羽根をことごとくさか立て、けたたましい声をあげるカササギと対決していたのです。

そのようすを観察していたフィリップは、なかまたちのほうにむきなおり、にやにやと笑いました。

「さあ、わかったぞ！　あの腕時計がどこにかくされているか！」

問題▶▶フィリップは、腕時計をどこに発見したのでしょう？

13 裏切りの音

「ここさ！」フィリップはそうさけんで、カササギの巣からとりだしてきた腕時計をかざしてみせました。

エリッヒ・ポール、またの名をペッポ・リーノは、すがたを消したままです。

「やつはきっと感づいているんだ、ぼくたちにつけられているって」と、フローがいいました。

くろグミ団が、ふたたびバンジョー奏者を目撃したのは、その1週間後でした。3人の子どもたちがラース警部とレオさんといっしょに、マーケット広場のパーラーにすわって、ジュースを飲んでいたときです。

「しめた！　今度こそ逃がすもんか！」と、フローがうれしそうな声をあげました。ラース警部はすぐにウェイターを呼んで、勘定をすませると、若い探偵たちのあとについて行きました。

「あっちよ！」カーロが、プリンス通りのほうを指さしました。

そのあとくろグミ団は、バリバリッという、ちょっと変わった音を耳にしました。プリンス通りにはいってみると、もう、バンジョー奏者の影もかたちもありません。

「まったく腹がたつ！　また、逃げられた！」と、フィリップ。

「心配ないよ。ぼくには、どろぼうくんがどこを通ったのか、わかってるから」フローが得意げにいいました。「もう、逃げられないぞ！」

問題▶▶フローは、どの逃げ道のことをいったのでしょう？

14 建築現場のかくれ場

「遠くから見えたんだけど、さっきまで、このはしごは、どこもこわれてなかった」はしごをまえにして、フローがいいました。「でも見て、ここ。3段目の横木が、折れてるよ！」

そのとおり、朽ちかけたはしごをのぼって（はからずも、とちゅうで1段踏みぬいてしまいましたけどね）、バンジョー奏者は、壁のむこうにのがれていました。

「とうとう、やつを捕らえるぞ！　ペッポ・リーノは一連の万引き事件の犯人だ。もうこれ以上、われわれから逃げることは不可能だ」レオさんは、まっさきに用心深く、はしごに足をかけました。

くろグミ団全員がはしごをのぼり、工事中の敷地内にはいりました。ところが、追いつめたはずなのに、あいかわらず、バンジョー奏者のすがたは見えません。いったい、どこにいるのでしょう？ようやく見つけたのは、ラース警部でした。

「わかったぞ！　あそこにいる。出てきなさい、エリッヒ・ポール！　かくれんぼは、もうおわりですよ！」

問題▶▶バンジョー奏者は、どこにかくれていたのでしょう？

リエンシュタインの宝地図

1 なぞの紙切れ

　ラース警部の目にはいったのは、立てかけられた板材のあいだからはみだしているバンジョーでした。逃げ場をうしなった犯人、エリッヒ・ポールはおとなしくつかまり、盗品はひとつ残らず、キャンピングカーから運びだされました。連続万引き事件は、これにてすべて解決となりました。

　フィリップとフローとカーロは、休暇に、カーロのパウルおじいちゃんの住むリエンシュタイン城をおとずれることにしました。海にも近くて、休みにはいつでもおいで、といわれていたのです。さあ、今度はどんな冒険にめぐりあえるでしょうか？
　3人はさっそく古びた城壁のなかをあちこち歩きまわり、探検をはじめました。城の屋根裏部屋にもぐりこんだときです。
　「ココ！　なにをくわえてるんだ？」と、フィリップ。相棒のオウムが、古びた長持ちのうしろから、黄色く変色した紙切れを引っぱりだしてきたのです。フィリップは、それをうけとってひろげました。
　「見て！　これ、なんだと思う？」フィリップがなかまたちを呼ぶあいだに、ココは、あと2枚、もっと大きな紙切れをくわえてきました。フィリップは、3枚をつなぎ合わせてみました。
　「おもしろーい！」と、フロー。「島の輪郭じゃないかな」
　そういうことならばと、カーロはさっそく、パウルおじいちゃんの本棚から地図帳を持ってきて、似たかたちの島をさがしました。
　「この島にちがいないわ！」カーロは、確信していいました。

問題▶▶それは、なんという名前の島だったでしょう？

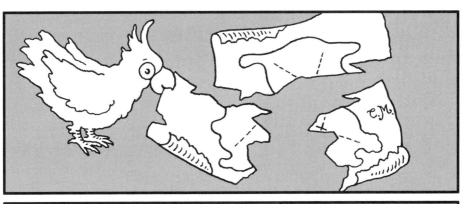

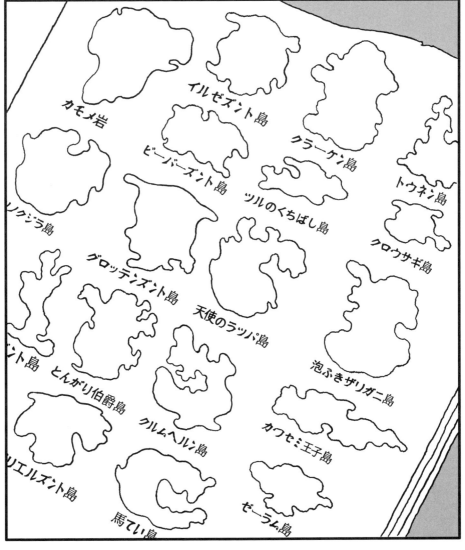

2　海上交通博物館で

「ほんとだ！　まったく同じかたちだ」と、フィリップ。その島の名前は、グロッテンズント島。フィリップは、ばらばらの紙切れの裏面にのりをつけ、台紙の上に慎重に貼りあわせました。

「この印がなにを意味するのか、気にならない？」２本の点線が交差する×印に指をおいて、フローがいいました。

「宝物のありか？」カーロが、うれしそうにいいました。

「よし、それをこれから、さがしだそう！　まずは、余白に書かれている頭文字の"C. M."が、なにをさすのかだ」フィリップはそういいながら、拡大鏡で紙切れの２文字を調べました。

くろグミ団はパウルおじいちゃんに、たずねることにしました。屋根裏部屋の発見物を、鼻先につきつけられたおじいちゃんは、思わず顔をしかめ、たて続けに大きなくしゃみをしました。ほこりアレルギーだったのです。

「知らないね。この城の昔の持ち主のものかもしれん。海上交通博物館にでも行って、調べてみるんだな！」おじいちゃんは、鼻をグスグスさせながら、いいました。「たぶん、そこでなにかわかるだろうよ」

つぎの朝、子どもたちはさっそく出かけました。博物館の暗い地下のフロアには、古い船体の模型や、船首にかざられていた胸像が、ところせましとおかれています。

「もしかして、あれが島の地図にあった頭文字の人物かな？」と、フィリップがいいました。

問題▶▶フィリップは、どの人物だと考えたのでしょう？

3　グロッテンズント島

　フィリップは、右手の壁にかかっている、片目の海賊、カスパー・メーベンキーカーの胸像に目をとめたのでした。
　「ほんとうにそうだとすると、これは、やっぱり海賊の宝地図ってことかな」胸像を見上げながら、フローがいいました。
　「よし、たしかめに行こう！」フィリップが、迷わずいいました。
　くろグミ団の子どもたちは、グロッテンズント島にわたるために、海岸へとむかいました。広場で、フィリップがアコーディオン弾きの男に声をかけました。
　「すみません、グロッテンズント島に行くには、どうしたらいいでしょうか？」
　アコーディオンが鳴りやみました。
　「グロッテンズント島？　やめておけ。あそこにゃ、めったに船が出ない。それに、見るものなんて、なんにもないよ」アコーディオン弾きはパイプをくわえたまま、島の弱点をならべたてました。「それでも行くっていうのなら、『黒い錨亭』できいてごらん。だれかが教えてくれるだろ」
　男は場所をかえて、またアコーディオンを弾きはじめました。フローとカーロが演奏をきいているあいだ、フィリップはあたりを見まわしました。
　「あ、あれがその店だ！　だけど、まだ開いてないや」フィリップはそういうと、いたずらっぽくフローとカーロに目をやりました。「あせってもだめってことか！」

問題▶▶開店まで、どれくらい待たなければならないのでしょう？

4　黒い錨亭

店の掲示板には営業時間が書いてありました。

「まだ1時間15分ある。さあ、どこかでひと息いれよう！」フィリップは教会の時計を見上げて、ピューッと口ぶえをふきました。

黒い錨亭は、きっかり17時に開きました。日焼けしたひげ面の男や、うさんくさい男たちが、うす暗い居酒屋へぞろぞろと集まってきました。松葉づえをついている老人に、フィリップは思いきって声をかけました。

「ぼくたち、グロッテンズント島へ行きたいのですが、どなたか、島まで乗せていってくれる人はいませんか？」

すると、老人は歯のない口を開き、しわがれ声で答えました。

「カーター・ロルフにきいてみな！」それから店へはいると、人をかきわけてカウンターのほうに進み、その奥の小部屋に消えました。

「カーター・ロルフ？」と、カーロ。「どの人かしら？」

「おまえたち、この土地のもんじゃないな！」とつぜん、3人の背後から、声が響きました。ふりかえると太鼓腹の老水夫がいました。「カーター・ロルフ？　すぐにわかるさ！　ロルフとやつの黒い怪獣だ」

老水夫は大きなくしゃみをしたかと思うと、けたたましく笑いながら、店の奥に消えました。

「わかった！」窓ごしに居酒屋をのぞき、カーロがいいました。「あそこのかげに見えてる人よ！」

問題▶▶カーター・ロルフは、どこにいたでしょう？

5　島での発見物

　２分とたたないうちに、大きな黒ネコを肩にのせた男が、柱のうしろで立ちあがりました。店から出て、まっすぐ子どもたちのほうにやってきます。
　「太っちょから聞いた。おまえたち、なんで島に行きたいんだ？」カーター・ロルフは、ほえるような声で、つっけんどんにいいました。黒ネコは頭を低くして、いまにもオウムのココにおそいかからんばかりです。
　「ハイキングをしたいんです」と、フィリップは答えましたが、反射的に一歩しりぞきました。ココも冠の羽根をさか立てました。じろじろと疑ぐるような目つきのロルフは、フィリップがくるくる巻いた地図を背中にかくそうとしたのを、見のがしませんでした。
　「まあ、いいだろう」ロルフは、気持ちをやわらげたようにいいました。「あしたの朝11時に港に来たら、つれてってやろう」
　ロルフが居酒屋へもどっていくと、フローが思わずこぼしました。
　「虫が好かないやつ！　なんだか不安な気持ちにさせられるよ」

　翌朝、フローは、遠くからカーター・ロルフを見つけることができました。例の黒い怪獣をつれて、うす気味悪い表情をうかべ、モーターボート「イカロス号」で、くろグミ団を待ちうけています。
　荒波にもまれながら２時間。ようやくグロッテンズント島に到着すると、探偵たちは岩棚で船からおろされました。ロルフは、３時間したらこの場所にもどるようにと告げました。
　「ここは無人島よね。でも、昔は人が住んでたのかしら？」と、カーロ。
　「たしかに」と、フロー。「ちょっと、ここを見て！」

問題▶▶フローは、なにを見るようにいったのでしょう？

6　草やぶに目あり

　フローは、しげみのかげにある古い牛の頭蓋骨に、なかまたちの注意をむけさせました。
「いったい、どれくらい長い年月、ここにあったのかなあ？」
　その頭蓋骨は、木の杭に釘づけにされたまま、すでに風化していました。
さあ、ぐずぐずしてはいられません。さっそく探検開始です。
　フィリップは、片手に地図、もう一方の手に磁石を持って、海岸から陸の内部へと進みました。フローとカーロが、あとからついて行きます。

　しばらく歩くと、フィリップが、「ちょっと休憩。それにしても、ほんとになんにもないね！」と、立ちどまりました。
　「しーっ！」とつぜん、カーロがさえぎりました。草やぶのなかで、カサカサと音がしたのです。つぎの瞬間、カーター・ロルフの黒ネコが飛びだしてきました。フーッとうなり声で威嚇し、毛をさか立てて、探偵たちの行く手をはばんでいるようです。
　「あはあ、それじゃあ、ご主人も近くにいるってことね！」と、カーロ。
　「ほんとだ、あそこ！」と、フィリップがささやきました。「つまり、ぼくたちは、つけられてる。なんとしても、あいつを巻かなきゃ！」

問題▶▶カーター・ロルフは、どこにかくれていたのでしょう？

7 塔の廃墟のまえで

　カーター・ロルフは、大きな岩のそばの木かげにひそんでいました。くろグミ団の子どもたちは、ロルフをふりきろうと、スピードをあげて進みました。曲がりくねった道をしばらく行くと、とつぜん石造りの塔の廃墟のまえに出ました。

　フィリップが、とびらを開けようとしましたが、びくともしません。
「だめだ、まったく動かない！」
「押してだめなら、引いてみて！　それもだめなら、かーぎよ、来い！」
と、カーロがおどけていいました。じつは、すぐそばに鍵が落ちているのを発見していたのです。

問題▶▶鍵はどこにあったのでしょう？

8 アーチ窓からのながめ

　カーロは、空洞になった木の幹から、鉄製の鍵をひろってきて、フィリップにわたしました。フィリップは、その鍵をとびらの鍵穴にさしこみました。
「すごい、ぴったり合うよ！」
　2回転させると、とびらがギーッと開きました。くろグミ団は塔のなかに足をふみいれ、らせん階段をぐるぐるとかけあがりました。と、いきなり階段がとぎれ、天井のない空間に出ました。塔の壁のてっぺんの部分は、ほとんどくずれ落ちています。ここからは、この島のほぼ全体を見わたすことができそうです。探偵たちは順々に、アーチ形の窓から、頭をつきだしました。
　3人は、地図をひろげました。書きこまれている×印は、いったいどこをさしているのでしょうか？　地図のむきを変えたり、上下さかさまに見たりして、念入りにながめました。
「この景色のどこかに、きっと、同じものが4つある。その4つの点を線で結べば、地図に書かれた点線と重なるはずよ」と、カーロ。
「なるほど。つまり、2本の線が交わるところで、ぼくたちは宝さがしの答えを見つけだすってわけだ！」フローがはりきっていいました。
「ぼくには、もうわかったよ。4つの目印がどこにあって、どう結べばいいか、そしてどこで交差するのか。さあ、早く来て！」フィリップが、かけだしました。

問題▶▶フィリップは、どこを目指したのでしょう？

9 C. M. の宝物

疑いの余地はありませんでした。フィリップは、文字が刻みこまれた4つの石を見つけたのです。その文字は、ほかでもない"C. M."、片目の海賊、カスパー・メーベンキーカーの頭文字でした。

「そして、このあたりで、2本の線が交差するぞ！」フィリップは自信たっぷりに、とがった石を指さしました。まわりの石とは明らかにようすがちがいます。3人は力を合わせて、なんとかして石をどかすと、棒切れや石で地面をほぐし、あとは素手でほっていきました。根気よくほり続けると、やがて、かたい物体につきあたりました。

「ドンピシャリ！　大当たりだ」

それは金属の輪っかでした。フィリップがつかんで、力いっぱい引っぱります。すると、おやおや！　腐りかけた木の皮におおわれた、がんじょうなふたが一気にはずれ、ぽっかりと巨大な空洞があらわれました。フィリップが懐中電灯でなかを照らすと、3人は息をのみました。

「信じられない！」

「すごい……！」

「世紀の大発見だ！」

穴のなかには、宝石や金貨、銀貨がキラキラとかがやいていたのです。なかには、武器や甲冑もころがっています。

ラース警部とレオさんに伝えるため、フィリップはすぐに携帯電話をとりだしました。ところが、電波がはいりません。しかたなく探偵たちは、写真を何枚かとって、秘密の宝物をまじまじとながめました。

「いったい、ここでなにがあったのかしら」カーロが、ため息まじりにいいました。

「ほんとだね。でも"かれ"はもう、なにも語ることはできない！」と、フロー。

問題▶▶フローは、だれのことを指していったのでしょう？

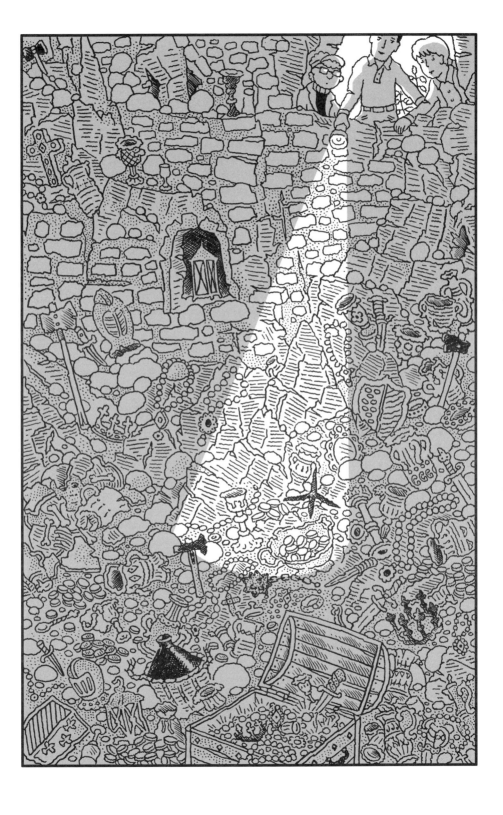

10 だしぬかれた！

　ドクロと白骨が、こわれたつぼの破片とともに散乱していたのです。フィリップは、宝物の写真をさいごにもう1枚とりました。それから、子どもたちはふたを閉め、見つけたときの状態にもどしました。
　「ラース警部とレオさんのところへいそごう！」と、フィリップ。「いいかい、カーター・ロルフには、だまってるんだぞ！」
　くろグミ団は、約束の時間に、カーター・ロルフと再会しました。ロルフは、子どもたちをさぐるような目つきで見ています。けれども、だまってイカロス号を走らせ、港に着くと、船賃をうけとって行ってしまいました。
　「あいつ、感づいたんじゃないか？」フローは不安でなりません。
　「いや、それはないよ！　とちゅうでふりきったからね」と、フィリップ。

　ところが、フローの心配は現実となったのです。翌朝、子どもたちが、ラース警部とレオさんといっしょにふたたび港に行くと、ロルフのイカロス号が見当たりません。みんなのなかに疑いが生じました。とにかく、グロッテンズント島へいそげ！　ラース警部が、警察手帳を示しながらボートをだしてくれる人をさがすと、運よく、のっぽの男の人が協力してくれました。
　2時間後、くろグミ団は島に着き、宝物のねむる洞穴へと直行しました。はたしてラース警部が、ふたを持ちあげてみると……「ちくしょう、やられた！」と、フィリップがさけびました。「カーター・ロルフのしわざだ！」
　探偵たちは、すぐにボートで引きかえしました。そして、その足で聞きこみをし、ロルフの家をつきとめました。家にはだれもいないようです。窓からなかをのぞき、きのう携帯電話でとった写真にてらしてみると……ロルフが、グロッテンズント島の宝物を横取りしたことは明らかでした！

　問題▶▶くろグミ団は、どんな証拠を見つけたのでしょう？

11　ねらいをさだめて

「ほら、これを見て！」フィリップは確信して、写真にうつりこんでいる古い短刀を示しました。それと同じものが、いま、カーター・ロルフの家のじゅうたんの上にあったのです。

「しーっ！　帰ってきたみたいよ」と、カーロが小声でいいました。足音が近づいてきます。

くろグミ団は、近くにあったごみコンテナのうしろに、すばやくかくれました。探偵たちはそこから、カーター・ロルフの行動を観察しました。

ほんのちょっとのあいだ、家のまえに立っていたロルフは、いったん家のなかにはいったかと思うと、5分もたたないうちに、ふたたび外に出てきました。いらいらしているようすです。

「やつは、なにをしに家にはいったんだろう？」と、フロー。

「それは、はっきりしているよ」と、レオさん。「ロルフが、なにをとってきたのか！」

問題▶▶レオさんの注意をひいたものは、なんでしょう？

12　たしかな目印

　カーター・ロルフのベルトにつるされている鍵に、レオさんは注目していました。ロルフは落ち着きなく、家のまえを行ったり来たりしています。
　「なにを待ってるんだろう？」と、フローが首をかしげました。
　「なかまがいるのよ！　まちがいないわ」馬車に乗った2人の人影が近づいてきたとき、カーロがいいました。
　「おい、こっちじゃない！　あっちの入口だ。いそいでまわれ！」
　カーター・ロルフは御者にむかって無愛想に命令し、家のわきのほうを指さしました。それから、ベルトから鍵をはずして、とびらを開けました。
　家のなかからジュート麻のふくろが運びだされ、馬車に積みこまれていきます。重そうなふくろをひとつ、またひとつ、汗だくになって持ちあげているロルフたちを見て、フィリップが断言しました。
　「あれは、ただのふくろじゃない。宝物がつまってるにちがいない！」
　「おっと、ずらかるぞ」ラース警部は、略奪の現場に乗りこもうと身がまえました。しかし、レオさんが、いさめて思いとどまらせました。さらなる黒幕がいると直感したからです。
　「おれは、あとから行く」カーター・ロルフが相棒たちにいっています。
　むちの鳴る音とともに、馬車が出発しました。そのあとから、ロルフが1頭の馬の手綱を引いて歩いていきました。馬の背には、ふくろがふたつのっています。くろグミ団も、距離をおいて、あとからついて行きました。
　目的地らしき場所に着いてみると、そこにはたくさんの馬がいて、探偵たちは、すっかり面くらってしまいました。
　「やつの馬は、いったいどこだ？」と、レオさん。
　「あそこにいるぞ！」と、ラース警部。「だが、ふくろは、もうない」

　問題▶▶その馬は、どこにいたでしょう？

13　18時、埠頭

　ラース警部は、さがしていた馬が「印刷＋印刷インク」の建物のうしろにつながれているのを見つけていました。おしりに押された焼印で、同じ馬だと見分けたのです。

　くろグミ団は、その建物に近づきました。窓からのぞくと、カーター・ロルフと相棒たちが、なにやら作業をしています。

　「まったく、たいしたもんだ！」と、レオさん。ロルフたちは、中身がつまったジュート麻のふくろひとつひとつに、印刷したてのラベルを貼りつけているところでした。ラベルには、中心に白い点のある黒い星のエンブレムと、「カスパー紅茶」という文字がデザインされています。ロルフが引いていた馬の背に積まれていたふくろと、そっくりです。

　「これじゃ、まるで総合商社じゃないか！」ラース警部はあきれ顔です。

　そのときです。裏手から男が１人あらわれ、なかまたちに大声でよびかけました。

　「万事OK！　積み荷は、きょう、まだまにあう。18時、埠頭で！」

　「この旅は、いったいどこへ続くんだろう？」フローがつぶやきました。

　「その時刻までに、かならず現場に行こう」と、レオさん。

　18時10分まえに、くろグミ団は港に到着しました。カーター・ロルフのイカロス号の監視態勢は万全です。しかし、どうしたことか、動きがまったくありません。探偵たちが、積みこみはいまかと待っていたときでした。

　「ここじゃないんだわ！」カーロがとつぜんいいました。べつの船に「カスパー紅茶」と同じエンブレムがはいっているのを発見したのです。

問題▶▶カーロは、どの船のことをいったのでしょう？

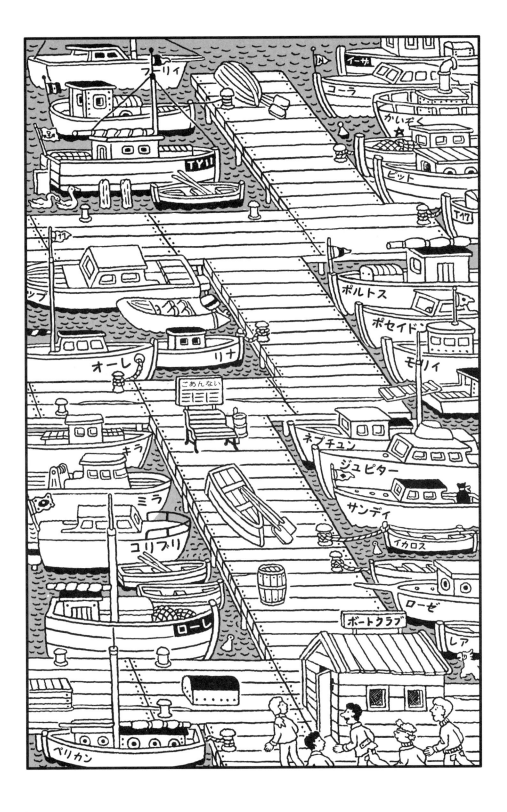

14 短い通話

　カーロは、埠頭のはしにつながれている、その名も「かいぞく」という名の船の船体に、あの白い点のある黒い星を発見したのでした。くろグミ団はその船にこっそり近づいて、甲板に上がりこみ、ようすをうかがいました。すでに紅茶のふくろは積みこまれ、出発の準備ができているようです。
　「ねえ、この積み荷の受取人はだれなんだろう？」フローが額にしわをよせ、小声でいいました。
　「心配ないよ、それは、これから見つけだせるよ！」フィリップは、自信ありげにいいました。と、そのとき、甲板でとつぜん携帯電話が鳴りました。
　「しーっ！」と、ラース警部。
　「もしもし……」カーター・ロルフが電話にでました。「かしこまりました、バルトリクさま。はい、すみません、承知しました、名前なしで！　目印は？　ああ、けっこうです。埠頭で、白いパイプを持ってお待ちになると。それでは、あす、所定の時間に」ロルフは、ひどくかしこまったようすで応対し、通話はすぐにおわりました。
　「わたし、はっきりわかったわ。この船の目的地がどこなのか」カーロが、なかまたちにささやきました。
　「まちがいない！　あした、そこで、一網打尽といこう」ラース警部は、余裕たっぷりにいいました。

問題▶▶船の目的地は、どこでしょうか？

15 バルトリクはどこ？

カーロは、船室の机の上にあった書類に注目していました。

「たぶん、あれは、紅茶のふくろに関心を示した連中のリストだろう」なかまたちといっしょに港をはなれてから、フィリップがいいました。

「なぞのバルトリク氏が、さいごのさいごに、食いついたってことね」と、カーロ。

「いったい、いくらで買うんだろう？　想像がつかないよ」フローが言葉をはさみました。

「それを、これからはっきりさせるぞ！　さあ、つぎはグレンベルク港だ」フィリップが宣言しました。

翌日、ラース警部からの連絡をうけて、グレンベルク港内には港湾警察が配置されました。

「カーター・ロルフは、もう到着しているぞ！」と、レオさん。桟橋に接岸したかいぞく号から、高価な積み荷がつぎつぎとおろされています。

「でも、バルトリク氏が、まだあらわれていないです！」フィリップが、あたりを見まわしながらいいました。「二の足をふんだのかな？」

「それは見当ちがいだよ、どうして遠くばっかりながめてるんだ？」と、フローが笑いました。「見わたすかぎり、白いパイプは、そいつ1人だけだ。まだいるよ」

問題▶▶バルトリクは、どこにいたのでしょう？

16　宝物をめぐる交渉

　バルトリクは、探偵たちのすぐそば、街灯のむこうに立っていました。カーター・ロルフの船から紅茶のふくろがおろされ、12番倉庫に運ばれるようすを、満足げに目で追っていました。
　ロルフのなかまが、ちょうどさいごのふくろをとりに船にもどった瞬間、ラース警部が、待機中の港湾警察に「容疑者確保！」と、指示をだしました。
　警察の船がうごき、かいぞく号の逃走路をふさぎました。ラース警部は、桟橋から船にむかって「手を上げろ！　全員こっちへ出てくるんだ！」と、命令しました。
　「われわれは、ならず者4人の身柄を拘束したぞ！」と、ラース警部。「ただし、主役2人が欠けている！」
　「主役たちは、12番倉庫のなかだよ。いままさに、海賊のお宝をめぐって交渉中さ！」と、レオさん。
　「よし、そこへふみこもう！」ラース警部が、なかまたちにいいました。
　くろグミ団は、12番倉庫の階段を、くつ音を立てずにのぼっていきました。4階まであがったところで、男の話し声が聞こえました。
　「カーター・ロルフと、バルトリクだ！」と、レオさんがささやきました。
　「5万ユーロ。それ以上は、ビター文もださん！」バルトリクが、かみつくようにいっています。「いずれにしても、危ない代物だ」
　「そのとおり！」ラース警部が、飛びだしました。「もう調べはついてる！　あんた方の密売組織は、すでに何度も痛い目をくぐりぬけてきたってね。さあ、ゲームは終わりだ！　宝物と金は、すべて押収させてもらうよ」

問題▶▶バルトリクが用意したお金は、どこにあるでしょう？

消えた楽譜

1 衝撃の幕開け

　ラース警部の視線は、ふたが開いたままの大きな紅茶の缶にとまりました。そのなかには、海賊の宝物の代価として用意された札束が、ぎっしりとつまっていました。
　「なんてこった！　よくもこんな、まぬけなおぜん立てができるもんだ！あんた、ごていねいに警察に招待状でも送ったのかい？」と、バルトリクは、カーター・ロルフをなじりました。

　ロルフは、積みこみ用のハッチ窓にかけよりました。そなえつけの巻上げ機を使って、4階から地上へ脱出しようとしたのです。
　「もうチャンスはない！　下の桟橋では、警察がきみたちを待ちうけているからな」と、ラース警部がロルフをさとしました。
　こうして、逃げ道をたたれたカーター・ロルフとバルトリクは、おとなしく連行され、海賊の宝物は、鑑定ののち、海上交通博物館に収められました。

　おだやかな日々がすぎ、秋も深まった11月下旬のある日、つぎの事件が発生しました。くろグミ団の子どもたちがそろって、野鳥のために冬のえさを買おうと、出かけたときです。とつぜん、ものすごい音が響きました。
　「いまの音、なんなの？」カーロがおどろいて、ふりむきました。
　「きっと自動車事故さ。ドカーン！　と衝突。あの音だと、車体がぶっこわれてるよ」と、フロー。
　「そのとおり！　あそこで事故がおきたんだ！」と、フィリップ。

　問題▶▶その事故は、どこでおきたのでしょう？

2 女性用の手ぶくろ

　事故現場は、ホップ並木通りとれんが横丁の角でした。車のそばに、とほうにくれた年配の婦人が立っています。相手の車の運転者は見あたりません。
　「あっちの車を運転していた男の人は、マフラーをぐるぐる巻きにしていて……ベル……ベル・アラソーと名乗りました」婦人はしどろもどろで、くろグミ団に話しました。「それから、あわててトランクを開けて、毛布でくるまれた、なにか大きくて長いものをとりだして、さっさとどこかへ行ってしまったんです！」
　ほどなくして、ラース警部とレオさんも到着しました。乗りすてられた車は、警察に届けのあった盗難車だと知らせてくれました。
　「そういうことか。なぜその男がそんなにいそいで消えたのか、少なくとも理由のひとつは、わかったね」と、フィリップが納得しました。
　事故のさらなる調査のため、婦人の証言にそって、現場検証が行なわれました。車体の傷や、道にのこされた盗難車のタイヤのあとを調べます。車の助手席からは、レースのふちかざりがついた女性用の手ぶくろが、片方見つかりました。車の所有者のものでないことは、すぐに確認されました。
　「だけど、車どろぼうは男でしょ？　もう１人、女の人が乗っていたのかしら？」と、カーロ。
　「うーん、そうは考えにくいけど」と、フロー。

　現場検証のあと、子どもたちがふたたび鳥のえさ屋さんに行こうと、町なかを歩いていたときでした。
　「ちょっと、あの女の人を見て！　車にあったのとそっくりな手ぶくろをしてるよ」フィリップが、とつぜん声をあげました。

　問題▶▶フィリップは、どの女の人のことをいったのでしょう？

3 ピアノ修理工房

　まさに！　レースのふちかざりの手ぶくろを左手にはめた人が、カフェにむかっています。その手には、黒っぽい持ち手で、白地に黒の大きな水玉もようの傘がにぎられていました。
　「あの人、さっきの車どろぼうと、ぐるなのかなあ？」なかまたちといっしょにあとをつけながら、フローがつぶやきました。ふいに女が足を速めました。
　「感づいたみたいよ！　逃げるなんて、あやしいわ」カーロがささやきました。けれども、けっきょく見うしなってしまいました。
　くろグミ団は、警察に立ちよりました。役にたたない通報ばかりが入りみだれていましたが、ただひとつ、盗難車両のドライブレコーダーから、興味深い情報が得られました。事故の直前に、車どろぼうがどこにいたかが記録されていたのです。
　ハイリゲン小路9。3人は、さっそくその住所にむかいました。そこは、2軒の住宅にはさまれた、小さな古い一戸建てでした。正面には、大きな文字で「ピアノ修理工房クルト・ポリール」とあり、窓には、日よけ用のロールブラインドがおりています。フィリップが玄関のベルを鳴らしましたが、だれも出ません。
　「空き家なのかも」と、フロー。
　カーロが中庭にまわり、大きな窓を見つけました。
　「かけてもいいわ。さっき見うしなった女は、そうこうするあいだに、ここに来ていたのよ！」カーロは、きっぱりといいました。

問題▶▶カーロがそう考えたのは、なぜでしょう？

4 するどい観察

あの手ぶくろの女は、白地に黒の水玉もようの変わった傘を持っていました。カーロはいま、それとそっくりな傘を、ドアのかげに発見したのです。女は直前までここにいたにちがいありません。くろグミ団の探偵たちは、女が事件に関係していると確信しました。

「でもいったい、どういうことなんだ？」と、フロー。

「それを、ぼくたち、これからさぐりだすんだよ！」フィリップは力強くいいました。

つぎの日、くろグミ団は門のアーチのかげにかくれて、ピアノ修理工房をおとずれる人がいないかと観察しました。しかし、だれも来ません。ロールブラインドは、あいかわらず、おりたままでした。

そのうち、天気が急に変化しはじめました。雪がふったりやんだりして、たまに薄日がさすものの、ひどい寒さです。その日、歩道を行く人はいましたが、路面は凍りかけていて、足あとを確認することはできませんでした。

翌朝、フローがきらっと目を光らせて、こう断言しました。

「ぜったいまちがいないよ。ピアノ修理工房に、夜のうちに足をふみいれた人がいたんだ！」

問題▶▶フローは、どうしてそう断言したのでしょう？

5　古道具屋で

　玄関のとびらのハンドルに積もっていた雪が、はらわれています。きのうからまったく日がさしていないので、自然と雪が解けるはずはありません。だれかが開けたにちがいないと、フローは考えたのでした。
　『朝刊クーリエ』が、さらなる手がかりを提供してくれました。
　「うはっ、こんな記事が出てる！」放課後、この事件に関するさいしょの記事を、フィリップが大声で読みあげました。
　「……さらにもう１人の目撃証言によれば、盗難車を運転していた、現在逃走中の人物は、事故現場から、変わった形状のものを持ちさった。それは毛布でくるまれており、先端に弓のようにそった真鍮製の魚が見えていたということである。警察は依然として、事件のなぞに直面したままである……」

　夕方、古道具屋のまえを通りがかったとき、くろグミ団の探偵たちに、幸運がおとずれました。カーロが大発見をしたのです。
　「ちょっと、あれを見て！」カーロは、ショーウィンドウに鼻をつけながら、額にしわをよせました。「だけど、大いそぎで逃げるときに、持ちだすような高価なものなのかしら？」
　「それなら、店の人に直接きいてみようよ！」フィリップはそういうと、古道具屋の入口に進みました。

問題▶▶カーロは、なんのことをいったのでしょう？

6　エスモル博士の別荘

　それは、笠のてっぺんに真鍮製の魚のかざりがついているフロアランプでした。
　「この照明器具は、いくつかのパーツでできていて、分解できるすぐれものだよ」と、店主が説明してくれました。それでも、若い探偵たちはまだ、その価値がよくわかりません。
　「どっちにしても、事件のランプはこれじゃないね」と、フロー。そのランプは何年もまえから店の在庫リストにのっている、と聞いたからです。

　「でも同じつくりのものなら、柱の空洞に、なにかかくすことができる。照明の機能より、そっちの中身のほうが重要ってことかもしれないぞ」古道具屋をあとにしながら、フィリップが、探偵の勘をはたらかせていいました。

　そのころ「ハトの心臓」では、ラース警部とレオさんが、子どもたちの帰りを、いまかいまかと待ちかまえていました。少しまえに、エスモル博士という年配の男性から警察に電話があり、別荘にどろぼうがはいったという通報を受けていたのです。くろグミ団は、そろって現場にむかいました。
　「わたしは、数日間ここを留守にしておったのですが、帰ってみると、こんなことになっていて……」エスモル博士は、こまりはてたようすです。
　「なにかぬすまれていないか、もうたしかめられましたか？」と、カーロが質問しました。すると、フィリップが割ってはいり、「あの……、お宅にはフロアランプがありませんでしたか？　てっぺんに真鍮の魚がついた……」といって、エスモル博士のほうに、まっすぐむきなおりました。

問題▶▶フィリップはなにを見て、そう推理したのでしょう？

7　プール通りのアベル

　エスモル博士は、フィリップの質問に、目を丸くしました。フィリップが注目したのは、床の電気コード。コンセントからプラグがぬかれ、ひきちぎられたコードの先には、なにもなかったからです。
　エスモル博士は、探偵たちに打ち明けるように語りだしました。
　「このあいだ、電気コードを交換するために、わたしはそのランプを解体したのですが、じつはそのとき、柱の中から予期せぬものが見つかったのです。1枚の楽譜です。それは、音楽家だったわたしの伯母、ファニー・エスモルの『未完成ソナタヘ長調』の冒頭部分で、ずっと行方不明だったものです。すぐに発表すべきか迷いましたが、旅行まえでしたので、楽譜をまたランプの柱の中にもどしました。それがもっとも安全だと思ったからです」
　「その経緯を知っている人は、ほかにいますか？」と、フィリップ。
　「はい、1人だけ」博士はそういうと、首をふりました。「『朝刊クーリエ』のアベルという女性記者です。彼女はわたしが家を空けるまえに、たずねてきました。伯母の記念祭を取材するために」
　「でも、記事にはならなかった……」カーロが言葉をはさみました。
　「そのとおりです！」と、エスモル博士。「しかも、あとでわかったのですが、編集部には、アベルなどという記者はいなかったのです」
　「ぼくたちにとっちゃ、たいしたなぞじゃないね！」フローはなかまたちにそうささやいて、帰りぎわ、エスモル博士の机の上に視線を投げました。

　つぎの日、くろグミ団は、さっそく周辺のアベルという名の人物を捜索しました。そしてまもなく、プール通りに面したマンションの3階で、重大な発見をしたのです。フローが鍵穴をのぞくと、散らかった室内が見えます。
　「まちがいない。ぼくたちがさがしてるアベルは、ここに住んでるよ！」

問題▶▶フローは、なぜそう確信したのでしょう？

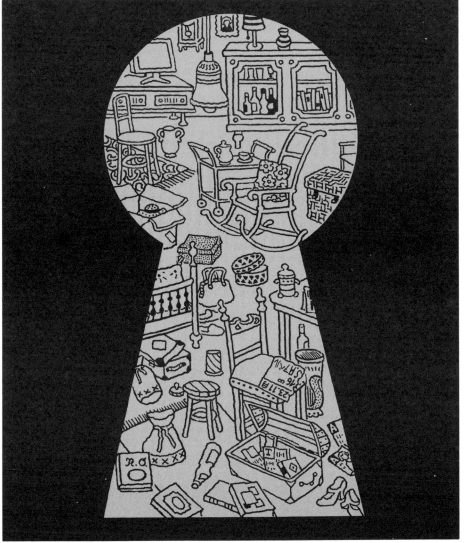

8 1+1=1

　フローは、やぶりとった卓上カレンダーを発見していました。
　「ぼくの目は、たしかだよ。エスモル博士の卓上カレンダーは1枚やぶられていた。11月23日と24日がぬけてたんだ」と、フローは説明しました。そして、プール通りのアベルは、エスモル博士の別荘に侵入したどろぼうだと結論づけました。——あらゆる痕跡を消すため、犯人は博士のカレンダーをやぶって持ちさった。なぜなら、そこには、取材者の名前と時刻が、エスモル博士の手で書かれていたから。

　「まちがいないね。楽譜のかくし場所を知っていたアベルと、フロアランプをぬすんだ車どろぼうベル・アラソーは、同じ穴のムジナだ！」
　「よし、そこまで納得した！」と、フィリップ。
　3人がアベルのマンションを立ちさろうとしたときでした。カーロが入口にある「ソーラ・アベル」という名札をちらっと見て、とつぜん立ちどまりました。ピンときたのです。
　「いい？　1+1＝1。アベル自身が盗難車を運転してたんだわ！」
　「えっ？　カーロは、なぞめいたことをいうね！」フローは、まだ飲みこめないようすです。

問題▶▶カーロは、なぜそう確信したのでしょう？

9　サメ対クマ

「なるほど！」と、フィリップも声をはずませました。「車どろぼうは、ベル・アラソーと名乗ったんだよね。ソーラ・アベルの文字をならべかえれば、あっというまに、ベル・アラソーのできあがり！」

「うぉー！」フローが感心して、さけびました。

「たぶん、アベルは、エスモル博士の別荘に侵入するとき、男装したんだわ」と、カーロ。

「そして、フロアランプをぬすんだあと、自分で盗難車を運転したのよ！これで、あの疑問にも説明がつく。つまり、車にあった女性用の手ぶくろも、ピアノ修理工房にあった傘もアベルのものだったのよ」

「うん。つまり、ベル・アラソーことソーラ・アベルの共犯者は、ピアノ修理工房のクルト・ポリールってことか！」と、フィリップ。

くろグミ団は、プール通りのマンションのまえで、張りこみをすることにしました。動きがあったのは、2日目。夕方、1番系統の市電に乗りこんだアベルのあとを追って、探偵たちは乗客のなかにまぎれこみました。

「つぎでおりるぞ！」10分後、フィリップがささやきました。

アベルはスポーツアリーナまえでおりると、アイスホッケーのスタジアムにまっすぐむかいました。今夜はノイシュタット・サメ軍団とビューズマー・クマ軍団の試合がおこなわれます。

「子ども3枚ください！」カーロが窓口でチケットを注文しました。

「あの女は、どこ？」少しおくれて、なかまたちのいる観客席に着いたフローがききました。

「あそこにすわってる。となりの男は、おそらく、ピアノ修理工房のクルト・ポリールだろう！」と、フィリップが答えました。

問題▶▶悪党カップルは、どこにすわっているでしょう？

10 第3の男

「むかいがわの、ライトがあたってる1階の2列目にいるよ」と、フィリップが説明しました。

休憩時間になると、問題のカップルは、そそくさとスタジアムをあとにしました。ゲームは地元のノイシュタット・サメ軍団がもっぱら優勢でしたが、くろグミ団も席をたち、2人のあとをつけました。クルト・ポリールは、大きな平たいプラスチックのふくろをかかえています。

まるでそこに目標をさだめていたかのように、2人は、スタジアムから目と鼻の先にある「居酒屋・いたずら妖精パック」にはいっていきました。通りからでも、店のなかをよく見わたすことができます。探偵たちは、悪党カップルがほかの客たちのあいだを進み、テーブルに着くようすを見とどけました。

「あれっ、だれかなかま入りした？」少ししてから、カーロがおどろいていいました。2人のテーブルに、もう1人いるのが見えたからです。

「顔がかくれてて、よくわからないな」と、フィリップ。

「ぼくにはわかったよ。その人がどんな人か」と、フローが得意げにいいました。

問題▶▶フローは、どの人のことをいったのでしょう？

11 居酒屋での取り引き

　アベルたちの席にくわわった第3の人物は、ブーツ型のジョッキでビールを飲みました。フローはそれを見て、その人はさっきまで左の窓から見える柱の近くにいた人だと、わかったのでした。決め手は、ワイシャツの変わった袖口でした。

　3人はいったい、なにを話しているのでしょう？　くろグミ団は、20分ほどしてから、テーブルの上で札束が受けわたされるところを目にしました。第3の人物は、悪党カップルから、平たいプラスチックのふくろを受けとりました。

　「あのふくろに、消えた楽譜がはいっているのは確実だな！」
と、フィリップ。

　ふくろを持って、男はすぐさま居酒屋をあとにしました。探偵たちは、すぐにあとを追いました。

　「いた、いた、あそこ。もう逃げられる心配はないわ！」と、カーロはきっぱりといいました。

問題▶▶カーロはなぜ、それほど自信があったのでしょう？

12　駅での見張り

　その男は、ある車の運転席にいました。カーロは、ハンドルをにぎる男のシャツの袖口を見のがさなかったのです。車体には、大きく文字が書かれています。
　「レコード＆楽譜　オーヴェ・ザクス！」カーロが大声で読みあげたとたん、エンジンがかかり、車は大きな音を立てて走りさりました。
　「やつのことは、あとまわしだ」と、フィリップがいいました。「あれは、おそらく自分の車だろう。あんな目立つ車を、だれもぬすまないからね」
　一瞬おくれで、悪党カップルもまた、居酒屋をあとにしていました。
　「くやしい！　たったいまタクシーで、わたしたちの目のまえを通ってったわ！」と、カーロ。
　「だいじょうぶ、車のナンバーをひかえたから。R-Y21」と、フィリップが落ち着いていいました。「かならず、また見つけだすぞ！」

　つぎの日、くろグミ団は、ナンバー R-Y21 の車をさがしに、駅近くのタクシー乗り場へむかいました。
　「いまは走行中で、きっとどこかを流しているんだね」出入りするタクシーをながめていたフローが、ぼやきました。すると、フィリップが明るい声でいいました。
　「ううん、いまは客待ち中だと思う。あそこにとまってるよ」

問題▶▶そのタクシーは、どこでしょう？

13　半地下からの逃亡

　ゆうべ悪党カップルを乗せたタクシーは、街路樹のかげに停車していました。フィリップは、ナンバープレートを手がかりに、見分けることができたのです。くろグミ団が聞きこみをすると、そのタクシーの運転手は、進んで情報提供をしました。
　「たしかに男女2人づれを、居酒屋からまっすぐ『ペンション・カンムリヅル』まで乗せました」
　いよいよ追いつめるときが来ました。ラース警部とレオさんが合流し、30分とたたないうちに、くろグミ団は全員そろって、ペンション・カンムリヅルに到着しました。探偵たちの話を聞いて、ペンションの女主人がうなずきました。
　「ええ、そのカップルなら、ここにいますよ。きのうは満室でお断りしたのですが、どこでもよいからというので、半地下の倉庫室にお泊めしたんです」
　そういうと、くろグミ団を階下に案内しました。ところが倉庫室のドアを何度ノックしても、だれも出てきません。
　「開けなさい、警察だ！」ラース警部がくりかえしさけびました。
　その瞬間、あわただしく、バタバタと遠ざかる足音がしました。
　すぐにドアの鍵を開けてもらい、くろグミ団は倉庫室に飛びこみましたが、カップルのすがたは見あたりません。
　「やつら、ここから外へ脱出したのか？」と、ラース警部。
　「いいえ、ぜったいに、それはありえません！」と、女主人がすぐに否定しました。「ドアにはすべて、南京錠がとりつけられています。さらに、窓には格子がついていますから」
　「なるほど。しかし、われわれは逃げ道をひとつ見落としている！　これはどこへ通じているんだ？」と、レオさんが女主人の言葉をさえぎりました。

　問題▶▶レオさんは、なんのことをいったのでしょう？

14　雪の足あと

　ワインのびんが散らかっているうしろに、開いたままの通風口があったのです。この通風口を通って、2人の悪党は、外に逃げたにちがいない——レオさんはそう確信していました。
　「おっしゃるとおりかもしれません」女主人はがっかりしたように、みとめました。「そこは、飲みものを運ぶとき以外、使ってないんですが……」
　くろグミ団は、階段をのぼって1階へ行きました。正面玄関から外に出てみると、おどろいたことに、あたりはいちめんの雪景色になっていました。
　「いいぞ、おあつらえむきだ！」と、ラース警部。
　レオさんが懐中電灯で地面を照らし、半地下倉庫の通風口から、雪の上に点々ときざまれている足あとをたどりました。
　「まちがいない、新しい足あとだ！」
　「きみたち、どう思う？　悪党カップルが通ったのは、どの道かな？」と、ラース警部が子どもたちにききました。
　「うーん、この分岐で、いろんな足あとが入りまじってる」と、カーロ。
　「ぼくが思うに、やつらは、あそこでどっちに逃げるかで意見が割れて、それからまたいっしょに進んだんだ！」フローはそういって、それらしい方角を示しました。
　「なるほど、きみは正しいかもしれないな！」と、ラース警部がみとめました。

問題▶▶悪党カップルは、どの方角へ逃げたのでしょう？

15 博物館村

2人の逃亡者の新しい足あとは、通風口からペンションの土地の境界をこえて、小川村の方角へむかっています。くろグミ団は、足あとをたどって進みました。ところが、とつぜん猛吹雪にみまわれ、足あとは吹き消されてしまいました。

「ぼくたち、もう小川村に来ているのかな？」ある集落の近くをとおったとき、フローがたずねました。

「まだまだだよ！ あと半時間はかかるだろう。このあたりは博物館村だ。冬のあいだ、博物館はしまっているから、だれもいないけどね。いるのはキツネくらいの、さびしい場所だよ」と、レオさん。

「でも、そうともかぎらないみたいよ！」と、カーロがとつぜん声をあげました。「あそこにだれかいて、わたしたちを見ているわ！」

問題▶▶カーロは、どの人のことをいったのでしょう？

16 オーヴェ・ザクスの店

　カーロは、1793年築の家畜小屋の窓から、こちらをじっと見張っている人物に気づいたのです。
　「やつをつかまえるんだ！」ラース警部がさけんで、小屋にむかってかけだしました。小屋からガランガランと、はでな音が聞こえました。とびらを開けると、ピアノ修理工のクルト・ポリールが、干し草置場にばったりとたおれていました。暗がりでバケツにつまずいて転んだのが、運の尽きでした。ブタのえさ箱のうしろに身をかくしていた共犯者ソーラ・アベルも、くりかえしの警告に、ようやくのろのろと出てきました。
　「それで、ぬすんだ楽譜を売って手にいれた金は、どこだ？」と、ラース警部が問いつめました。
　「なんの話をしておられるのか、わたしにはさっぱりわかりません！」クルト・ポリールは、なにくわぬ顔で答えました。
　「それじゃ、これはなんだ？」レオさんが、ミルク缶のなかを懐中電灯で照らし、大量の札束をとりだしました。絶体絶命！　ソーラ・アベルとクルト・ポリールに、とうとう手錠がかけられました。
　「それで、あんた方は、あの楽譜をプラスチックのふくろに、ぽいと1枚いれてわたしたのか？」と、ラース警部。
　「楽譜は、大きなト音記号の絵のレコードジャケットにはさみました」と、ソーラ・アベルはおとなしく白状しました。

　そのあと、くろグミ団はオーヴェ・ザクスの店へ直行。フィリップが、問題のレコードジャケットを見つけるまで、たいして時間はかかりませんでした。

問題▶▶そのレコードジャケットは、どこにあったでしょう？

17　しかけのある楽譜

　フィリップは、マネキンと柱の右横の棚にならんでいるレコードジャケットを、手にとりました。ところが、中にはいっていたのは楽譜ではなく、古いレコード盤でした。
　そのとき、「あのころは、よき時代でした！　それは、フラワーパワー時代のバンドですよ！」と、店主のオーヴェ・ザクスが話しかけてきました。見慣れないお客たちを、いたずらっぽく観察していたのです。
　「ぼくたち、知りたいことがあるんです。あなたは、ファニー・エスモルの楽譜を、どこにお持ちですか？」と、フィリップが切りだしました。そして、これまでの経緯を話しました。
　オーヴェ・ザクスは、言葉をうしないました。まさか幻の楽譜が盗品だったとは！　ザクスは、楽譜はエスモルの遺言状により信頼のおける方法でゆずりうけた、と聞かされていたのです。
　ザクスは貴重な楽譜を、ためらうことなく探偵たちにさしだしました。それからみんなでいっしょに、楽譜をまじまじと見つめました。
　「興味しんしんだ。このソナタの冒頭部分を早くききたいね」と、ラース警部。
　「じつはこの楽譜には、もっとすばらしい秘密が、かくされているはずなんです！　どうぞ、こちらへ」ザクスはおもむろにそう告げると、探偵たちを事務室へと案内しました。
　ザクスは、おごそかな面持ちで、ろうそくに火をつけました。それから、慎重に、楽譜を炎にかざしました。すると、なんということでしょう！　音符の下に、とつぜん星があらわれたではありませんか。特殊なインクで書かれているのでしょう、茶色がかったかすかな光を放っています。
　「これはすごい！　楽譜にそんなしかけがあろうとは！」と、ラース警部。「さすが、秘密のメッセージは、ほんとうに信頼できる人にしか明かされないわけだな」

　問題▶▶秘密のメッセージはどんな内容だったのでしょう？

18　未完成ソナタへ長調

　聞けば、オーヴェ・ザクスはめずらしい楽譜のコレクターで、かなりまえから、どこかにあるはずの、この貴重な楽譜をさがしていたということでした。極秘の情報筋によると、作曲家ファニー・エスモルは、当時、メッセージの暗号化に凝っていて、曲名をレモンジュースなどの秘密のインクで楽譜にひそませることがあったというのです。

　ファニーは、この作品に、どんな曲名をあたえていたのでしょうか。いよいよ、そのなぞが解き明かされるのです。

　よく見ると、ドの音の下にだけ文字がうかびあがっています。それを順番にひろっていくと、ひとつながりの言葉ができあがりました。

　「アルトフルートのために　りゅうせいのソナタ」。アルトフルートのために作られたこの曲のほんとうの題名は、「流星のソナタ」でした。

　「ファニー・エスモルは、ただものじゃないね」と、フィリップ。

　「しかけのある楽譜なんて、すごいや！　文字がうかびあがったのはドレミのド、ドッキリのドだよ」と、特殊インクに興味しんしんのフロー。

　「星たちがあらわれた瞬間は、今までの事件で最高のフィナーレだったと思わない？」カーロはうっとりとしています。

　その場に居合わせたみんなは、しばらく興奮につつまれたままでした。

　報告をうけたエスモル博士は、伯母の記念祭で、この曲を披露できるとよろこびました。くろグミ団の活躍のおかげで完成したこの「流星のソナタ」は、夜空の星のように、いつまでもかがやき続けることでしょう。

くろグミ団は名探偵 消えた楽譜　ユリアン・プレス作・絵

2018 年 12 月 7 日　第 1 刷発行
2021 年 9 月 15 日　第 2 刷発行

訳　者　大社玲子(おおこそれいこ)
発行者　坂本政謙
発行所　株式会社　岩波書店
　　　　〒101-8002 東京都千代田区一ツ橋 2-5-5
　　　　電話案内 03-5210-4000
　　　　https://www.iwanami.co.jp/

印刷・理想社　カバー・半七印刷　製本・中永製本

ISBN 978-4-00-116018-5　NDC943　128p.　23cm　Printed in Japan

岩波書店の児童書

◆ 絵解きミステリーで探偵力アップ！ ◆

岩波少年文庫
くろて団は名探偵

ハンス・ユルゲン・プレス 作　大社玲子 訳

小B6判・並製　　定価748円

菊判・並製・128頁
各定価1430円

くろグミ団は名探偵

- カラス岩の宝物
- 石弓の呪い
- 紅サンゴの陰謀
- S博士を追え！
- 消えた楽譜

ユリアン・プレス 作・絵　大社玲子 訳

岩波書店　　定価は消費税10％込です　　　　　2021年9月現在